Edición original publicada en 1990 con el título:
Jolly Tall
por Hutchinson, Random House Children's Books
© Jane Hissey, 1990
© De la traducción castellana:
    Editorial Zendrera Zariquiey, Barcelona, 1999
    Cardenal Vives i Tutó, 59, 08034 Barcelona. Tel.: (93) 280 61 82

Traducción: Pilar Garriga
Primera edición: octubre 1999

ISBN: 84-8418-019-0
Producción: Addenda, s.c.c.l., Pau Claris 92, 08010 Barcelona

Cuellolargo

JANE HISSEY

editorial

Zendrera Zariquiey

Morenito había estado toda la semana ocupado haciendo punto. Empezó el lunes, hizo punto todo el martes, y el miércoles la bufanda ya era lo bastante larga para el Osito. Pero Morenito no se detuvo. El jueves la bufanda ya servía para el Conejo y el Osito juntos, pero Morenito continuó haciendo punto. El viernes, la bufanda llegaba para el Conejo, el Osito y el Pato. Pero Morenito no dejó de tejer hasta el sábado, y entonces la bufanda ya era demasiado larga para cualquier muñeco de la habitación.

Podríamos cortarla —apuntó el Osito—. Así todos tendríamos una bufanda.

—Se desharía —dijo el Viejo Oso.

El Osito volvió a probarse la bufanda, pero tropezó con un extremo y aterrizó de espaldas encima de Morenito.

—¿Por qué hiciste una bufanda tan larga? —preguntó.

—Porque no dejábais de interrumpirme —contestó Morenito—, y me olvidé de medirla.

—No importa —dijo el Viejo Oso—. Estoy seguro de que nos será útil.

—Sí, para saltar a la comba —gruñó el Pato.

¿**P**odemos interrumpirte de nuevo? —preguntó el Conejo—. Puedes venir a ver esta caja? No sabemos qué hay dentro, pero quizá sea algo interesante.

—A lo mejor es un tesoro —dijo el Osito.

—Seguro que está vacía —refunfuñó el Pato.

El Conejo guió a los muñecos hasta una caja muy alta atada con un cordel. Morenito observó la caja con atención.

No lleva etiqueta —dijo—. Haré un agujero y miraré qué hay dentro.

Con la aguja de hacer punto, Morenito agujereó la caja. La caja dijo: «¡Ay!»

—¿Las cajas hablan? —susurró el Conejo.

—Ésta sí —respondió el Osito.

—No ha sido la caja —dijo el Viejo Oso—. Ha hablado lo que hay dentro.

—¡Qué pena! —exclamó el Osito—. ¡No hay ningún tesoro!

—A lo mejor se trata del guardián del tesoro —dijo el Conejo, esperanzado—. Por favor, Morenito, ábrela.

Morenito estudió el misterioso paquete. «Creo que primero debería hablar con él, para saber si se trata de un amigo» —pensó. Se acercó despacio al pequeño agujero y dijo con suavidad:

—Hola. ¿Eres amigo o enemigo?

—Hola —se oyó una respuesta apagada—. Supongo que debo de ser amigo, porque no entiendo lo de enemigo, a menos que enemigo sea mejor que amigo, en cuyo caso lo soy.

—No parece muy convencido —dijo el Pato.

—Creo que debemos prepararnos por si acaso —avisó el Conejo—. Buscaré una red para cazarlo por si sale corriendo.

El Pato, por su parte, fue a buscar una cuerda para atarlo.

—Por si se escapa de tu red —dijo.

Y el Osito trajo una cartera para poner el tesoro, si aparecía.

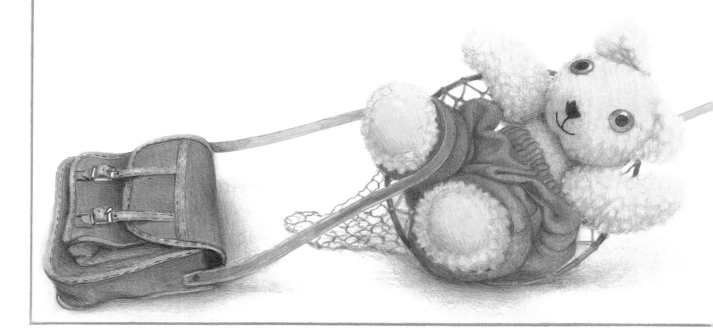

Con mucho cuidado, Morenito y el Viejo Oso deshicieron el cordel y abrieron la caja.
Todos aguantaron la respiración...
Primero aparecieron dos cuernecitos peludos, y luego dos grandes orejas peludas, y después una cara peluda muy simpática.
—Ah!, esto está mejor —dijo el personaje, sonriendo a los muñecos—. Hola a todos. ¿Qué estáis haciendo aquí?

El Conejo y el Pato soltaron con rapidez la red y la cuerda, pero el Osito agarró esperanzado su cartera.

—Perdona —dijo—, ¿estás encima de algún tesoro?

La gran cabeza peluda desapareció dentro de la caja y volvió a aparecer de repente.

—Lo siento —contestó—, aquí no hay ningún tesoro.

—¿Y encima de qué estás? —preguntó el Conejo.

—Encima de nada —replicó el personaje.

—¡Caramba! —exclamó el Osito—. Debes de tener un cuello muy largo.

—Así es —confirmó su nueva amiga—. Por eso me llaman Jirafita Cuellolargo, pero podéis llamarme Cuellolargo a secas. ¿Os gusta mi casa?

—A decir verdad —dijo el Osito—, pensábamos que sólo era una caja. Estaría mejor con puertas y ventanas.

Cuellolargo estaba de acuerdo, y los muñecos se pusieron manos a la obra. El Osito recortó las ventanas y la puerta, Morenito consiguió material para las cortinas, y el Conejo las colgó con cola y alfileres. Todos los muñecos colaboraron, y se pusieron muy contentos cuando la caja pareció, por fin, una casa de verdad. El Osito entró para decirle a Cuellolargo que ya habían terminado.

—Ya puedes salir —dijo.

—Lo siento, pero no puedo —contestó Cuellolargo—. Soy demasiado alta y no paso por la puerta.

Podrías saltar —sugirió el Conejo.

Cuellolargo saltó, pero no lo bastante alto. El Osito salió por la puerta muy deprisa; una jirafa saltarina parecía más peligrosa que una jirafa tranquila.

—¡Traed la grúa! —gritó el Viejo Oso—. Te levantaremos para que puedas salir.

—¿Quieres decir que saldré por arriba? —preguntó Cuellolargo nerviosa.

—Pues claro —respondió el Viejo Oso—. Saldrás de la caja como si volaras.

—Pero no me gustan las alturas —dijo Cuellolargo—. Creo que mi cabeza ya está lo bastante alta.

Ya sé cómo hacerlo —intervino el Osito—. Te taparé los ojos con mis patas. Así no verás lo alta que te llevaremos.

Tras muchos esfuerzos, los muñecos consiguieron subir la grúa sobre un montón de libros hasta colocarla por encima de Cuellolargo. El Osito enganchó la cadena al nudo de un pañuelo que pasó por debajo de Cuellolargo. Luego escaló por el cuello de la jirafa y le tapó los ojos con sus patas.

—Estamos listos —gritó—. Y Morenito empezó a girar la manivela de la grúa.

Poco a poco, Cuellolargo empezó a salir de la caja, y los muñecos pudieron ver en seguida lo larga que era. Muy emocionado, Morenito giró la manivela más deprisa para que Cuellolargo saliera de una vez.

—¡Estamos por los aires! —gritó el Osito, sacando una pata del ojo de Cuellolargo para saludar a los demás.

Y entonces sucedió...

Cuellolargo vio lo alta que estaba y empezó a mover sus patas como un molinillo. La caja se tambaleó, Cuellolargo se tambaleó, y los dos cayeron al suelo estrepitosamente. El Osito salió volando por la habitación y desapareció. Pero nadie se dio cuenta; todos estaban demasiado ocupados sacando a Cuellolargo de la caja.

Los muñecos ayudaron a
Cuellolargo a ponerse en pie.
—Pero ¿dónde está el Osito?
—se preguntaron buscando con
ansiedad dentro de la caja abollada.

Entonces se oyó una vocecita que procedía del otro lado de la habitación:

—Salí volando, y fui a parar aquí arriba.

Era el Osito, que se agarraba a la cortina de la sala de juegos con sus patas delanteras.

—¡Ayudadme! —gritó—. No sé bajar.

—¡Resiste! —dijo Cuellolargo, galopando al rescate—. Creo que sé cómo bajarte. Puedes deslizarte por mi cuello.

El Osito no podía aguantar más. Se soltó y resbaló por el cuello de la jirafa hasta caer en la red que Morenito tenía preparada. Se divirtió tanto que quería repetirlo, pero el Viejo Oso dijo que ya era hora de acostarse.

¿Dónde dormirá Cuellolargo? —preguntó el Conejo.
—Te cambio mi cama por tu casa —dijo el Osito a Cuellolargo.

—Puedes quedarte con mi casa —contestó contento Cuellolargo—. Las jirafas dormimos de pie; sólo necesito una manta.

El Conejo y el Osito encontraron una manta confortable y bonita para su nueva amiga. Pero no pudieron taparla del todo.

—Tu cuello se va a enfriar —suspiró el Osito.

Morenito miró a la jirafa con su cuello fuera de la manta.

—¡Un momento! —exclamó, y se fue corriendo. Unos minutos más tarde volvió con una caja cuidadosamente envuelta.

—Es un regalo para ti —dijo Morenito—. Un regalo de bienvenida.

Cuellolargo abrió el paquete. Dentro había la larguísima bufanda roja.

—Es preciosa —dijo Cuellolargo—. Es el mejor regalo de bienvenida que me han hecho nunca. Pero ¿cómo sabíais que la necesitaba?

—Sabíamos que alguien la necesitaría —dijo Morenito, y enrolló la larguísima bufanda alrededor del largo cuello de la jirafa.

—Primero pensábamos que eras un tesoro —dijo el Conejo.

—O sólo una caja vacía —dijo el Pato.

—Pero estamos muy contentos de que no lo seas —dijo el Osito—. ¡Una nueva amiga es mucho más divertido que una caja llena de tesoros!

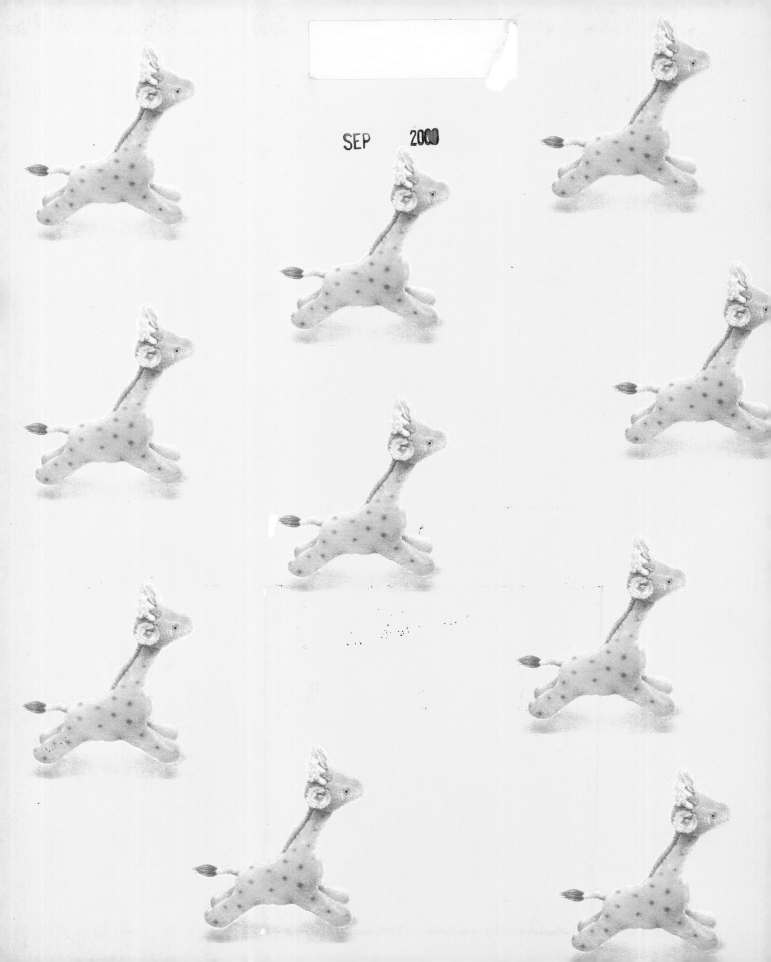